KB112743

재의 얼굴로 지나가다

재의 얼굴로 지나가다

오정국 시집

민음의 시

286

민음사

아직도 외진 땅을 떠도는 것 같다.
나를 불러내는 목소리와
나를 걷게 하는 발걸음을
찾아내는 게 힘겨웠다.

밧줄이 치워지지 않는다.
묶여서 매달리고 끊어져서 흩어진
세월의 매듭을 내려다본다.
비로소 문득 이렇게.

2021년 7월
오정국

1부

2부

3부

1부

붉은 사막 로케이션

어디서 시작됐는지 종잡을 수 없다
붉은 사막 로케이션
단어들의 윤곽이 선명하다
평면의 그림에서 입체적 형상이 일어서듯
선인장처럼 타오르는 빛의 하늘
모로코 남쪽 붉은 사막 로케이션
거기서 눈먼 자는 되돌아올 수 없다
제 눈을 찌른 오이디푸스가
철 가면을 흔들며 울부짖는 곳*
그 어디쯤 모래 무덤에
내 전생(前生)의 발자국을 맡겨 둔 것 같다

검은 가죽 바지 오토바이가
일몰의 지평선을 넘어가고
밤의 야영지는 끝없다
양고기 굽는 모닥불의 그림자들
빛으로 어둠으로 얼룩진
얼굴들, 구릉 너머 모래밭에 잠겨 있는데
발을 들이밀 자리가 없다

텔레비전 화면의 긴급 뉴스 자막처럼
내 머릿속을 지나가는
모로코 남쪽 붉은 사막 로케이션
이 문장이 거쳐 온 경로를 밝힐 수 없다

* 피에르 파올로 파졸리니 감독의 영화 「오이디푸스 왕」.

청동 흉상

새벽의 고요가 광목천을 감싸고 있다
희뿌연 휘장에 둘러싸인 형상은
아직 잠을 깨기 전이어서
누구도 섣불리 손댈 수 없다

눈을 부릅뜨고 있거나
찡그린 미간이거나, 목에 얹힌 얼굴이
두렵기만 하다 깊고 어두운 창고 같고
박물관 지하의 수장고 같은데, 새벽은
오후 2시의 제막식을 향하여 길을 떠났다

저의 숨결은커녕 죽음조차 느낄 수 없는
데스마스크, 얼굴 표정 하나로
일생을 요약하고 있다
안면 근육의 무수한 균열을 입에 문 채
이젠 아무 일도 없다는 듯이
정말 그러하다는 듯이

1인용 식탁

처음부터 저렇게 제작된 건 아닐 것이다

1인용 식탁 위엔
기도하는 이마와 일몰의 잔광, 흰 수염의
턱뼈가 얹혀 있다

현관문을 닫고 신발을 벗으면
몸이 욱신거리는 1인용 고통이 있다

1인용 수저와 1인용 독서, 1인용 깃털 빠진 천사와 함께
캄캄한 밤이 오고, 수천 개의 밤이
그의 고독을 n분의 1씩 나눠 가졌다

어둑한 창문의 얼굴 하나
눈을 감지 않고선 비켜 갈 수 없는 눈이 있고
입을 뭉개지 않고선 지워지지 않는 입이 있다

텔레비전에선 사막이 흘러간다
선글라스를 쓴 미라가 발견될지도 모를 일, 그러나

그건 어디까지나 다큐멘터리에 불과하다는 듯, 낙타 발자국이

그를 두고 흘러간다

그가 흥얼거리던
마포 종점의 발전소도 잠든 밤을
어떻게 저렇게 폐타이어처럼 내던져 두고

밤의 트랙

1
목에 팻말도 걸지 않고
1인 시위를 하듯이
대현산 배수지 공원을 돌고 있다
발밑엔 5만 톤의 수돗물이 출렁거리고

2
일방통행의 우회전, 한 번 발을 올려놓으면
꽁무니를 뺄 수 없다 공원 바깥의
꼴같잖은 것들은
꼴같잖게 남겨 두고
여기서 무한 반복을 행해야 한다

3
나무 밑에서 올려다보는
밤하늘, 자막 없는 스크린에 더빙을 하듯
내뱉는 혼잣말
그러니까, 이를테면, 그럼에도 불구하고의
발자국을 찍어 가는데

4

어둑한 숲길을 돌다 보면
마스크 쓴 유령들이 팔다리를 흔든다
캄캄하게 무리 지어 때로는 외따로

5

2.2킬로미터의 트랙을 돈다 결국은
제자리로 되돌아오는
형상들, 가로등 불빛에 입김이 뿌옇다

6

어깨를 스치는 도플갱어 적지 않다
유턴이 허용되긴 하지만
밤의 트랙은 끝나지 않는다
위의 2와 3, 4와 5가 뒤섞이면 길을 잃는다

로드킬, 로드 맵

국도에서 예기치 않던 순간을 맞이한
어떤 짐승의 앞다리 뒷다리가
그 머릿속에서 작동되던 로드 맵이
자꾸 내 머릿속으로 들어왔다
그 길을 비켜서 차를 몰게 되었다 그러니까

나는 도로를 횡단하지 않고
질주하는 인간인 것인데

흙이었고 돌이었고 나무였던 기억을 빠져나온
인간이라는 물질로 여기 앉아서

저 짐승이 차바퀴에 부딪히던 순간의
머리통과 눈빛, 앞발을 쳐들거나
몸을 비트는 형상이
공중에 떠 있는 걸 본다
이랴, 이랴, 그걸 올라타는
기마 자세를 취해 본다

한번은
길바닥에 떨어진 나뭇가지가
까마귀 떼로 보였다 스키드 마크처럼
섬뜩하고 불길했던
그날 밤의 날짐승들
지금도 머릿속을 드나드는데

형체가 거덜 날 때까지
저가 움직이던 쪽으로 꿈틀거리는
저 로드 맵은
머릿속의 로드 맵은

가드레일 너머, 그 너머로

침묵의 도서관

죽고 사는 일이 손끝에서 아릿하다
죽음은 없고 묘비만 남은
생애들, 여기서 온통
황금빛 서가를 물들이고 있다

형체는 없고 기억만 살아 있는
끝없는 갈림길의 문장들
침묵의 발걸음이
한 뼘 두 뼘 숨을 쉬고
서가에 이마 기댄 이들의
한평생, 한낱 꿈으로만 흘러갈 순 없으니
오늘 하루의 회전문 곁에
빗물 젖은 우산이 세워져 있다

창밖의 나뭇잎을 흔드는 빗방울들
영원의 찰나를 깨워 놓는데
사진 속의 여자는 말이 없다 등을 구부린 채
한사코 액자 밖으로 팔을 내뻗고 있다
백 년 전의 이야기처럼

하루의 길이는 달라지지 않는데
겨울 해 짧다 침묵의 투숙객이 펼쳐 놓는
방명록, 묵직한 손 글씨가
일생의 행적을 말해 주는데
결국은 모래시계처럼 비워지는
비워지고 마는 여기는 온통

미술관 수업

피카소는
단 하나의 명료한 얼굴이 없었기에
끊임없이 가면을 바꿔 써야 했지*
그렇게 그의 걸작이 탄생됐고

고흐는
불에 단련된 철사 같은 선**을
발명했던 것이야 결국
눈을 다치고 말았지만
아를의 태양빛과 공기를 숨 쉬게 해 주잖아

선명한 굴곡의 입체감보다 붓 자국이 중요해
거칠기 짝이 없는 붓질의 쉼표들
한 호흡 한 매듭의 태양과
꽃과
여인의 앞가슴
화폭 바깥에서 흘러들어 온
빛의 얼룩이야 그런 것이야

순식간에 붙잡아 둔
사물과 인물, 휑하게 비워진 길바닥
상징을 데려오고 비유를 옮겨 와
화폭은 완성됐으니
여백을 오가는 생각을 읽어야 해

아 잠깐, 방금 도착한 문자메시지를
소개하면

"내 얼굴색을 칠하는 어려움을 극복하면
다른 사람도 쉽게 그릴 수 있겠지"***

* 모리스 쉐릴라즈.
** 앙드레 말로.
*** 빈센트 반 고흐가 동생 테오에게 보낸 편지.

서랍들

책상 서랍 속에는
시냇물 소리가 잠들어 있다
강바닥의 여뀌들이
맹독의 푸른 잎을 피워 낸다
한해살이풀들이
붉디붉은 꽃으로 여름 한철을 보내고 있다

책상 서랍 안쪽엔
시집 한 권 없는 시인이 살고 있다
고추장으로 버무려 놓은
맨밥 같은 허기, 거기에다
숟가락 높디높게 쳐들곤 한다

책상 위엔
주먹만 한 돌덩어리 하나
검붉은 혈관의 심장 같은데
몸 긁힌 상처가 생짜배기 꽃이다

책상 귀퉁이의 자물통

인적 끊긴 창고의 문짝 같구나

판자의 얼룩은

판자 안쪽에서 배어 나온 것

흉터가 여태껏 지워지지 않았다

길바닥에 떨어진 밧줄이거나

이 문장은
팽팽하던 힘을 스스로 파멸시킨 흔적

길바닥에 떨어진
밧줄이거나
땡볕 끝에 쏟아진 소낙비

몇 줄 더 뭉개고
어금니로 끊어 냈다면
칼이나 돌, 시가 될 뻔했는데

낙뢰 맞은 나뭇가지마냥
전율과 폐허를 한꺼번에 겪은 듯하다

아무 일도 아닌 듯이
아무 일도 아니게

우듬지로 올라가는 물길을 삼키고
우듬지에서 내려오는 푸른빛을 태워 버린

옹이들, 검붉은 상처의 혹 덩어리 같다

찬 서리 내리고
여름 한철 잎사귀를 털어 내는
나무들, 상징의 간격이 뚜렷해졌다 붉은 열매는
더 붉게, 검은 씨앗은 더 검게

본문은 짧고 각주는 길고

　벽돌처럼 가지런한 문장들, 그리 길지도 않은 시를 논하면서 (중략)(중략)이라니! (　)의 텅 빈 골목에 비가 내리고

　뽕짝이든 발라드이든 마을버스 메들리는 어디서나 흥겨운데, 철컥철컥철컥철컥, 활판인쇄의 톱니바퀴 소리, (　)를 너무 오래 들여다본 탓이다

　환하게 열려 있지만 닫을 수 없는 (　)
　(　)는 막다른 골목에서 다시 시작되는 이야기

　어떤 밤은 나에게 장미꽃을 안겨 줬고, 어떤 밤은 엽총을 목구멍에 밀어 넣는데, 이상하다, 오늘 밤의 (　)는 아파트 경비원 모자를 쓰고 다닌다 불법 주차 스티커를 붙이려는 순간, 종적 없이 사라지는 차바퀴들, 내게로 왔던 생이 저러했으니

　자기기만도 없이
　그렇게 수많은 밤을 지새웠으니*

비틀린 입술 같은 (   ), 아파트 옹벽의 구멍 같은 (   ),
시커멓게 뭉개고 싶은 (   )

* 테드 휴즈, 이철 옮김, 「풍적곡」, 『물방울에게 길을 묻다』(청하, 1986).

연극배우 시절의 배역들

무대는 흘러갔다 벌판으로
사막으로 광장으로

무대의 얼굴을 연기하면서 나는 저들과 싸웠고
비바람을 몰아왔고 나무를 불태웠고
진창에 몸을 파묻었다

어떤 인물은 빛의 전류 다발 같았다 얼굴이 녹아내리듯
무대를 내려서면
기쁨도 슬픔도 다리 힘이 빠져서
더 이상 세상을 걸어갈 수 없었다

무대를 수놓던 거대한 벽화, 거기서 한 소녀가
걸어 나왔다 흙을 파먹으며 고독을 달래던
레베카*, 그녀가 내게 입을 맞추면
팔다리가 저절로 움직였다

잊지 못할 쌍둥이
나의 자매들

무대는 그렇게 흘러갔고

이토록 헛헛한 뱃구레가 될 줄이야
수십 명의 아이가 빠져나갔다
다행히, 돼지 꼬리 달린 아이**는 없었다
나는 아이들의 여름을 열두 번 살았고

호세 아르카디오 부엔디아***의 죽음을 일곱 번 겪었다
오늘은 그의 기일(忌日), 팔다리가 저릿하다
그가 묶였던 밤나무의 불개미들이
내 척추를 파고드는 밤이다

*, **, *** 가브리엘 마르케스의 장편소설 『백 년의 고독』.

영구결번의 밤은 없다

무한에서 무한으로 연결된 밤의 터널
무궁한 밤의 아이로 나는 태어났어요
내가 기억하는 전생은 모두 다섯 개

불타는 산막의 거적때기 너머에
백발의 무사가 앉아 있어요
칼날 스친 얼굴에 불빛 어룽지면
나도 모르게 광대뼈를 쓰다듬죠

내가 만진 죽음 헤아릴 수 없고
나는 전생과 후생을 넘나드는
이야기꾼

늙지도 않고 죽지도 않는 죽음의 불사신이
저의 괴로움을 나에게 덧씌워
기담과 괴담, 로맨스가 끝이 없네요

죽은 자의 말소리와 그림자에 둘러싸여
밤의 피륙을 얽어 짜는데

어떤 유령은

요양 병원 자원봉사자로 활동한다는 소식

침상의 팔다리를 주물러 주고

그 숨을 받아먹고

휠체어를 밀어 주며

단팥죽 몇 숟가락 얻어먹는다지요

결국 테두리만 남게 되는 이야기지만

끝과 시작이 맞물리는 수레바퀴가 멈추질 않네요

나는 언제나 다리 위에서

다리 밑엔 모래밭이, 땡볕이, 철제 계단이, 맨드라미 모가지가, 짝짝이 신발이

나는 언제나 다리 위를 떠도네
내가 나를 용서하지 못하고, 굴복시키지 못했듯이

다리 밑엔 떠돌이 개가, 검붉은 강물이, 기름띠의 액정 화면이, 별빛의 스팸 문자가

다리 위의 나는
눈 내리는 벌판의 아나키스트를 꿈꾸지만
전쟁과 혁명이 밟고 간 자리, 이제는
무엇 하나 밀고 나갈 틈이 없네

강은 제 물길을 잊지 않고 흐르네
강의 여자들이 생수병을 껴안고 강으로 들어서고

강바닥에 세워 놓은 철근과 콘크리트
교각은 무너지지 않네

춤을 추면서 손가락질하면서
뒷걸음치는
전광판의 랩 가수를 흉내 내듯이

나는 오늘도 다리 위를 걷는데
빨랫줄의 옷가지마냥 나부끼는데

다리 밑엔 구체 관절 인형 팔다리가, 돼지고기 불판이,
치정 살인극이, 텔레비전카메라가

나는 오늘도 다리 밑에서

머리 위로 밤의 철교가 지나가듯이
객실의 불빛이 흘러가듯이
문득 그런 생이 있었던 거다

그럴 리 없다고
이럴 순 없다고
나는 오늘도 다리 밑을 떠도는데

누런 물 간다 돌멩이 구른다 나무뿌리 뽑힌다 산허리
무너진다 붉은 무덤 흐른다 두개골 굴러간다 공중의 햇덩
이 강줄기를 타고 간다

장마철의 흙모래를 입에 물고 싶은 날
하릴없는 옛 노래를 흥얼거리면

방죽의 꽃을 차르르륵 훑고 가는 여자 1
자전거 바큇살을 번쩍거리는 남자 2
개 목줄에 끌려가는 여자 3
오늘 하루의 엑스트라가 지나가고

강물이 옆구리를 친다 이미 용서받은 생애가
그 어디 있겠냐고

강둑의 돌은
철망이 끊어질 때까지
땡볕의 스크럼을 견뎌 내고 있다

머리 위엔 철제 난간이, 전봇대가, 피뢰침이, 차바퀴가

그 물길 건널 때

　그러니까 어디서 무엇이, 어떤 얼굴이, 흐느끼는 울음이, 누구의 팔다리가 너울거렸던 것인지

　그 물굽이 내게로 밀려왔을 때, 누가 수건으로 어깨를 툭 치는 것 같았는데, 발걸음을 옮길수록 옆구리에 핏자국이 번지듯이, 섬뜩했던 칼날이 생각나듯이

　문득 내 몸이 깨어났을 때, 누가 내 이름을 불렀던가 나는 누구의 자식이며 형제이며 어버이였던가

　강기슭엔 풀과 흙과 나무밖에 없었는데

　백수광부의 옷자락이 펄럭였던가, 죄도 참회도 구원도 없는 세상이니, 시퍼런 물살을 몸에 감고자 했던가

　물 밑의 돌들
　몸서리치게 아름다웠고
　물풀은 아우성치듯 그렇게 흘러갔네

어디서 무엇이, 어떤 물결이, 판자 조각이, 누구의 관 뚜껑이 나를 등에 업고 저 물길을 건네준 것인지

너는 아직 우리들 가운데

너는 아직 여기에 있고 우리들 가운데 있다
4월의 아이들과 함께
안개 바다의 유령선과 함께
너는 아직 여기에 있다

냉동 트럭에 실려 가는 참치 덩어리처럼
무릎 꿇린 길바닥의 곤봉 세례처럼
우리들 가운데 있다

KF80, KF94가 무엇이냐, 차라리 방독면을 다오, 철 가면
을 다오, 철가방 헬멧이면 어떠랴, 아직도 여기서 호모사피
엔스, 호모사피엔스를 외치는 목구멍, 캡슐로 봉해진 이목
구비가 있다

태양의 흑점이 쏟아지고
박쥐의 날개가 빌딩 숲을 뒤덮는
우리들 가운데
한가운데

무한대로 확장되는
0.1μm 0.1μm 0.1μm 0.1μm 0.1μm가
비로소 잠을 깬 흡혈귀가
악무한의 밤이

펼쳐져 있다 광장의 촛불처럼
붉은 머리띠의 확성기처럼
우리들 가운데
한가운데

네가 있다 발밑의 싱크홀이, 바다를 떠도는 빙하가, 열대
우림의 불길이, 내륙을 뒤덮는 쓰나미가 있다

너는 아직 여기에 있고 우리들 가운데 있다

굴레가 굴레를 목에 걸듯이
사슬이 사슬을 끌고 가듯이
족쇄가 족쇄를 옭아매듯이

밤은, 팬데믹의 밤은

밤은, 팬데믹의 밤은
저 홀로 어두워지지 않는다
마음 안쪽의 암흑 물질을
측량할 수 없다

고개를 들면
내 오랜 유목의 발자국이
금낭화 꽃씨처럼 흘러가는 밤하늘
방부 처리된 거울의 뒷면처럼
AI와 AI와 AI의 거리를 비춰 주는데
마스크를 벗으니
내 얼굴이다
형상기억합금의 머리통을 흔들면
쇳내 나는 침묵이 녹물을 흘리고

밤은, 팬데믹의 밤은
저 홀로 내 곁을 떠나지 않는다
나에게 배당된 들숨 날숨 하루치를
흙구덩이에 쟁여 넣는데

뭐 이런 진딧물 같은 눈물 몇 방울

이미 저만큼씩 격리된 가로수들
밑동부터 썩어 가는 말뚝처럼 서 있다

밤의 횡단보도

저만큼 흘러가서 얼어붙는 물이 있다

날씨도 그렇지만
오늘에 와서야 오늘이 분명해지듯
횡단보도 건너편에 신호등이 서 있다

왜 저기인가는 어이없는 질문

비로소 정면을 맞닥뜨린 것이다
누구든 저의 발걸음을 걸었으나
뒤늦게 도착했다

왜 여기인가는 썰렁한 농담

사랑도 이별도 횡단보도를 건너왔다
정면은 눈부셨고, 너무 환해서
상처 입은 자리, 이미 깊은 상처는
침묵해야 하는 것

광장의 시계탑과 현수막, 전광판 화면은
어둠 저편으로 흘러가는데

정면의 한복판은 아무래도
인간의 눈동자, 인간의 육체를
티끌 없는 눈으로 바라보지 못했다고
머리를 싸쥐던 사내는 신호등을 건너갔고

여기는 언제나 발이 묶이는 곳

횃불과 깃발과 역병이 지나간 거리
영문도 모르게 코피가 쏟아지고
무릎이 꺾이고

저기 커다랗게 입을 벌린 싱크홀이 있다

어디선가 네가 이 순간을

어디선가 네가 이 순간을 본다면, 이토록 아름다운 춤은 없었다고 말할 거야 내 몸 어디에서 이런 춤이 나온 건지 알 수 없어

이 얼굴로 내가 시작되는 게 아니고
이 발걸음으로 내가 멈춰 서는 게 아니라는 것이지

이 춤은 차갑고 무서워
북극 빙하에서 꺼내 온 눈보라 같고
새의 심장에서 건져 온 날개 같아
네가 그 까닭을 말해 주길 바라는데

어둑한 숲에서 자작나무 흰빛이 새어 나오고, 강바닥의 물살이 자꾸만 교각에 되감겨 오네 너는 멀리서 아득하게 살아 있어서

내 몸이 껴입는 풍경들
월요일의 장미가 꽃피고
수요일의 가로수가 밀려오고

금요일의 묘지가 불타고 있어

언제 어디서든 단 한 번의 춤이야, 그러니까 장미의 입술
을 너에게 보내고, 구름과 바람과 태양의 날씨를 여기에 담
는 거야, 택배 잘 받아

2부

그곳이 어딘들

그곳이 어딘들, 여름 벌판을 건너가자

막다른 골목에서 몸 망칠지 모르면서
저토록 무심하게 흘러가는
구름들, 남몰래 가만히 흘러내리는 노래를
돌의 이마에 새겨 넣자

먼 훗날의 슬픔 같은 시냇물에
노래의 잎사귀를 풀어 놓자

이만큼의 하늘을 건너왔지만
저만큼의 하늘은 남아 있는 것

그곳이 어딘들, 해바라기가 피어 있고
해바라기 씨앗의 피보나치수열
태양력의 무궁한 세월을 말해 주나니

저 돌을 눈 뜨게 하자 씩씩하게 걷게 하자
이토록 삐걱대고 고통받는 척추를

자두나무에 걸어 두자 자두나무를 타고 가자

그곳이 어딘들, 네가 있겠다
속울음을 끓이듯
삼복염천을 견디는 자, 네가
누구든, 나는 팔 벌려서 나아가리라

멀리 먼 곳에 더 먼 곳이 있으니
맨 나중의 아픈 얼굴을 만져 보자고

어스름의 독서가 나는 좋다

1
터널을 지날 때마다 어두워지던
책갈피의 행간이
여기서 부드럽게 되살아난다
문장의 숨소리를 이어가듯

어스름이 읽어 가는 책이 있다
강바닥에 뿌려지는 모래알이 있고
물 밑에 닿아서 침묵하는 그림자가 있다

텔레비전 화면 가수들의 랩을 들으면
나에게 욕설을 퍼붓는 것 같고
대꾸할 말이 없고

오늘 하루의 다크서클에 몸을 맡긴다
성벽의 글자처럼
일몰의 뚜렷한 표정이 된다
일몰의 잊지 못할 기억이 된다

2
벌판으로 발걸음 오고 발걸음 가고

꽃피는 일, 바람 부는 일, 돌 구르는 일, 물 흐르는 일,
몸서리치게 밀려오다가 멈춰 버리고

이윽고 날 저물고, 누군가 입을 우물거리고, 누군가 밥
그릇 헹구고, 누군가 옷을 갈아입고, 벌판 끝의 철길은 터널
로 사라지고, 터널은 땅속으로 이어지고

누군가 흩날리고 누군가 울먹이고

3
땅거미가 데려가는, 땅거미의 독서
문맥을 놓친 듯이 남겨 두는
발자국 몇 개

물결과 나뭇잎이 수런거리는 말들
이제 곧 밤의 밀거래가 시작될 것이다

어떻게든 되살아나는
흙과 모래와 강바닥의 이야기

물의 언더그라운드

물의 뿌리는 눈으로 헤아리기 어렵다
물방울로 꺼지고 빗줄기로 흩어진다
내가 쇠 파이프를 박았던 물의 대지는
덤프트럭의 바큇자국을 묵묵히 삼켰다

물의 잎사귀는 나보다 높은 데서 흔들리고
나보다 앞서서 헤엄친다

나는 통으로 관으로 물을 실어 나르며
물의 노동을 거들어 주는 자
물의 노래를 흥얼거린다

물은 사방으로 나를 풀어놓는다
물의 뿌리가 나를 일으켜
직립의 호모사피엔스로 살아가게 한다

물은 언제나 저쪽을 두드린다 벽돌과
시멘트, 내 일터의 험악한 계단을

식탁에 물컵이 놓여 있듯이, 물은
맨손으로 들어 올릴 수 없다
투명한 깊이 때문이다

물에는 가정법 미래가 통하지 않는다
현존의 투신이 있을 뿐이다 벌판이든 계곡이든
물이 내 몸을 부른다

물의 벨트는 외따로 끊어져서 죽는다
자존의 칼날이 잠깐 빛난다

숲에서 나오는 산길을

숲에서 나오는 산길 하나를
내 마음에 앉히려면
산 계곡의 벼랑을 걸어야 하고
들끓는 여름 벌판을 앓아야 한다

여름풀이 내 몸을 감고 눕는 앞마당
나뭇가지는 가지마다
지극한 높이, 배롱꽃 흐드러지게 매달았지만
배롱나무의 하늘은 여전히 멀고

숲에서 나온 길이
가드레일에 제지될 때,
숲의 짐승들이 몸을 부딪쳤다
그렇다고 숲길이 틔워진 건 아니었지만
저들은 저의 몫을 증명했고

어떤 여름도 벌판을 건너뛰지 못했다
구름이 흘러가고
칡뿌리가 뻗어 가고

개망초 꽃대공은 말라 죽었다

저 어디쯤에 삽날을 세우고
굴삭기를 불러오는 건
일찌감치 학습된 문명의 수족들이 시키는 일이지만

어쩔 수 없이 나에게도
삽날과 곡괭이와 쇠 말뚝이 필요하다
숲에서 나와 토막 난 길을 이어 붙이려면

여름 강

삼복염천 다리 밑의 낮술 취한 행락객들
내 청춘을 돌려 다오 관광 열차 메들리는
굽이굽이 고개 너머 신바람을 타는데
내 사랑 내 곁에 울긋불긋 옷차림들
묻지 마 관광까지 허리띠를 풀었으니
막춤이 흐드러지고

낭자하게 울고 간
봄꽃들 많았겠다 이왕에 만났으니
강바닥 두드리며 목쉰 노래 부르지만
노래방 기기의 앰프 소리는
이겨 낼 수 없는 것
이겨 먹을 수 없는 것

강은 언제나 거기서 흘렀지만
물굽이 친 세월 적지 않겠구나
뭣 땜시 인생이 이런 거냐며
풀포기를 쥐어뜯던 사내는
술을 토하고 입을 헹구고

애먼 강물에다 고함 몇 번

어느 몹쓸 꿈자리는 아닐 텐데, 이번 생을
웃고 울면서 웃기고 울리면서
하루해를 보내고
국도로 올라설 때
짐짓 헛디디는 발걸음 몇 번
강기슭 저쪽이 너무 아득해서
이쪽의 물살을 헛짚는 물결처럼

나에게도 해바라기가

국도 끝을 딛고 서서
벌판으로도 가지 않고 강으로도 가지 않는
당최 이해할 수 없는 꼿꼿한 외줄기
저기에 뭘 견줘 볼 것도 없고

자존이니 고독이니, 가당찮은 혁명을 부르짖을 일도 없
는데
해바라기가
나에게도 해바라기가

무릎 꿇고 뉘우칠 통곡처럼 서 있다
강바닥 자갈밭이 그러하듯이
생은 언제나 목말랐던 것

내가 저를 붙잡아 흔들며
이번 생의 패착을 물어볼 일 없을 텐데
다그칠 일도 없겠는데, 해바라기가

허리 굽혀 받들어 올릴

죄(罪)도 없이
서 있다

잠을 깰 때마다 여름이었고

삽을 들고 논둑을 다잡듯이, 진흙을 처바르고
얼굴을 들 때마다
해바라기가

벌판을 건너가는 소낙비처럼

오제를 다녀와서

　나무와 바위, 구름에 대고 하는 말이지만
　문맥을 자르지 말았으면 한다 이를테면,

　물은 물 위에 떠 있고
　벌판은 벌판을 떠돈다는 것

　해발 1400미터의 거대한 습지, 물 밑에 피어 있는 수련을
보았다 어떤 영혼의 잎사귀가 저리 맑은 것인지, 오제*의
판자 길을 오래 걸었다 늪의 고요를 죽음처럼 숨 쉬면서
내가 뿌리쳤던 등짐들을 생각하였다 그러고 보니, 나는

　시냇물과 연대할 길을 잃었고
　숲으로 되돌아갈 길을 놓쳤다

　풀숲과 흙덩어리, 강물에 대고 하는 말이지만
　이 문장을 오래오래 기억하고자 한다

　벌판을 건너가는 천둥 번개여,
　삽으로 물을 떠내듯이

나를 건져 다오

사무치는 물빛 하나로

이쪽의 한세상을 건너가게 해 다오

* 오제(尾瀬): 일본의 습지 생태공원.

밤의 소년은 나에게

나를 기록해야 할 전기 작가의 운명을
너의 어깨에 걸어 두고자 한다
밤의 소년이여

내 생의 기록처럼
비탄에 젖어 기도하는 손바닥처럼
밤의 나뭇가지에서 꽃피는 소년이여

너는 나에게
찔레나무 열매를 던져 주었고, 철조망에 뜯긴
런닝구를 걸쳐 주었고, 이토록 질겨 빠진 얼굴을 남겨
놓았다

밤마다 내 곁에서 웃고 떠들고
손뼉 치는 소년이여, 내 교복을 걸쳐 입고
제 이름을 맞춰 보라고 깔깔대는

그 모습 거둬 가지 말아라 등 돌리지 말아라
아직은 이번 생의 잔혹극이 좋나지 않았고

머리에 흰 꽃 얹고 찾아올 봄밤이 있겠으므로

귀향

목적지 입간판이 갑자기 눈앞으로 다가오듯이
캄캄한 국도에서 불빛을 되쏘듯이

어떤 후회는 일찌감치 당도해 있고
어떤 후회는 발걸음이 더디다

미처 알아보지 못했던
고추밭과 담배밭의
저 끈질긴 토착 세력들

여즉 남아 있는 절벽들
창날 모양의 창바우, 깎아 세운 형상의 선바우 앞에서
철없던 맹세의 주먹을 몇 번 내뻗어 보고

선글라스로 얼굴 가린 채
옛 골목을 더듬는데, 어라, 그 절간?
저녁 예불 종소리 쟁쟁하던

저 문간을 넘어서면

고즈넉한 법당의 낡은 경전들
세상의 온갖 고통과 욕설과 참회를
모셔 놓은 게 아닐까 싶다

나도
목구멍의 욕설을 앞세워서
험한 땅거죽을 뱃구레로 밀고 왔다

수시로 요긴하게 써먹던 사투리가
우이쒸, 여기서 되레 먹혀들지 않고

문득 생가 터를 지나치는데
산허리의 높고 낮은 무덤들
삼복염천의 무성한 풀들

토착 세력의 살기가 누그러지지 않는다

두문포

한때는 바다 밑이었다는 곳
두문포*에서 한 달을 살았네

물 밑처럼 고요한 시간들
곡기를 끊은 듯 말을 잊었더니
비로소 만져지던 것, 흑요석 같았네
내 그렇게 나의 고독을 발명해 내고

앞마당의 감나무를 올려다보면
시시각각 옮겨 앉는 별자리들
서릿발처럼 내려앉는
허공의 발가락들, 거기에다
지상의 입김을 불어넣어 주었네

꿈 같은 삶의 기록**을 읽고 싶었네
택배를 기다리는 동안
방파제를 여섯 번 다녀왔고
해안 절벽에 여덟 번 몸을 세웠네

카메라에 담아 온 일몰의 빛으로
그날그날의 일기를 적어 나갔네
너무 환한 책상이 부끄럽고 미안해서

담벼락의 구멍에다 소리치곤 했네
그게 무엇이었나?
무엇이었나?

* 여수시 돌산읍의 마을.
** 프란츠 카프카의 미완성 작품집.

큰끝등대

해 저물고 비 내려도 울지 않는 사랑을
여기 와서 알게 될 줄 꿈에도 몰랐어요
여수 밤바다의 등꽃 같은 불빛들
해 저물고 파도쳐도 울지 않아요

눈먼 파도의 해안 절벽
저 빗줄기도 물굽이도
그냥 저렇게 잠들 순 없나 봐요
해 저물고 비 내려도 울지 않는 사랑은
빗줄기 사금파리로 제 얼굴에 금을 긋지요

등대를 선회하는 새들의
해안 절벽 벼랑길 아스라이 굽이치지만
손목 잡고 데려갈 파도는 없어요
부교처럼 흔들리는 불빛들
등허리에 아릿하게 감아 두르고
이 얼굴 캄캄하게 펄밭에 파묻어도
덧없는 세상을 덧칠해 온 느낌, 지울 수 없어요

뱃머리를 앞세워 좌우를 거느리고

묵직하고 느리게, 온몸을 밀고 오는, 뱃머리를 앞세워 좌우를 거느리는, 파도와 등대와 섬을 아우르는, 수평선을 활짝 열어젖히는, 숨 막히게 밀려오고 숨죽이고 바라보는, 자못 놀랍고 장엄한 광경

바깥으로 환하게, 안으론 깊숙하게, 바다를 껴안은

외포리 선착장을 품에 안듯이, 시시각각 육박해 오는, 무게중심을 물 밑으로 내려놓고 물굽이를 타 넘는, 이윽고 묵직하게 닻을 내리는

이건 아무래도 기적의 손발이 이뤄 내는 일, 무한의 시공간을 젖히고 제 시각 제자리를 빈틈없이 찾아낸 연안 여객선의 눈부신 위용이 우리 앞가슴을 빛내 주었다

해안 참호

해안 참호는 대략 그렇게
시멘트 벽의 낙서와
철조망, 곡괭이 자국을 보여 줘야 했다

너럭바위의
목장갑 한 켤레
누군가 남겨 둔 손바닥 같았고

대략 그렇게 해안 참호는
담배꽁초와 소주병, 거기에 웅크렸던
병사들의 눈빛을 담아내야 했다

갯바위 낚시꾼들
갯바위마냥 눌어붙었고
부표에 얹힌 물새들 깜박이는데

철책에서 철책으로 이동해 간
햇빛의 등고선은 복구되지 않았다

해안 참호는 거기 그렇게
웅덩이의 돌덩이처럼
한사코 제 속을 파먹어야 했다

그해 여름 배롱꽃을

1
이 마음을 고스란히 수면에 옮겨 놓은
저 붉은 꽃잎을 어찌할 수 없네
떨기떨기 어룽지는 배롱꽃아, 너희는
괜찮니? 몸 아프지 않니?
몸져누울 이부자리 비에 젖지 않았니?

상두꾼 요령 소리
장맛비에 쓸려 갔고

이제는 무덤 하나 깨워서
노래를 짓는 일, 내 몸의 살냄새를 섞어서
치마 한 폭 붉디붉게 물들여 가듯

2
홑이불 같은 저녁 햇살이
수면에 깔릴 때

발끝이 닿지 않는

물 밑 같은 사람 있네

그리 깊지는 않게
야트막하게 미소 짓네
한사코 이쪽을 내다보고 있네

모시적삼 옷고름
어둠 저쪽으로 넘어간 지 오래인데
사진 한 장으로 멈춰 선 사람

저 눈빛
지워지지 않네
되돌아보는 눈빛은 잊히지 않네

3
당신은 올해도 배롱꽃을 보고 가네
허리 굽혀 몸 앉혔던
그해 여름 꽃그늘에 머물렀다 가네
배롱나무 언덕이 환하게 저무네

슬픔의 자매들

1
눈 밑의 주근깨까지
제 어미를 빼다 박은
지상의 딸들이여, 오늘은
시냇가에서 빨래를 하는구나

동네 아낙네들
함지박의 옷가지를 치대는데
짐승 가죽 냄새가 떠다니는구나

물로 물을 씻고
헹구고 휘젓고 밀어내도
손끝에서 지워지지 않는구나

밤은 또 저희들끼리
밤눈을 밝혀서
제 어미의 젖가슴을 찾아서
탁한 물거품을 헤집어야겠구나
한밤 내내 입술을 오물거리겠구나

2
꽃이어서 피었더냐 물이어서 흘렀더냐
징검다리에 앉아서 물장구치던
슬픔이여, 오늘은
정형외과 대기실에 앉아서
뜨개질을 하는구나
저리 고운 얼굴로 태어나
어쩌자고 발목에 석고붕대를 감았느냐

정형외과 처치실의 발 놓는 자리
움푹 팬 홈통이 멀고 위태로워
앳된 소녀처럼 울먹이는
슬픔이여, 너도 네 밑바닥을
헤아리지 못했구나
어찌하여 그렇게 숨을 몰아쉬는 게냐

꿈속에서 꿈 밖을 내다보듯

꿈속에서 꿈 밖을 내다보듯
물푸레나무들이 줄지어 언덕을 넘어가고
갈 길 놓친 철새들, 싸락눈 맞네요
개흙 같은 세월들, 수로에 널렸고요
물길은 가뭇없이 흘러가는데
또 어디서 환생을 꿈꿀까 싶어
낯가죽을 자꾸 만져 봅니다

수면을 수놓은 야광찌 불빛들
그거 혼자선 차마 못 봐요
늙다리 조폭 같은 낚시꾼들
수로를 훑고 갔고, 갈 길 놓친
철새들, 눈바람에 맞서듯
공연히 저렇게 날개를 세웁니다
깃털 빠진 몸뚱이엔
목 메고 서러울 게 없겠으므로

고통에 대한 증언

1. 첫눈에 알아보지 못했던 것

2. 골목의 돌멩이나 선인장 같은 것, 그렇게 믿고 싶었던 것

3. 이삿짐센터의 사다리차를 타고 12층으로 올라왔던 것

4. 식탁과 거실을 어슬렁거렸지만 눈치채지 못했던 것

5. 책장 아래의 손목을 움켜잡게 했던 것

6. MRI 화면의 뼛조각 같은 것

7. 검은 땅거죽으로 흘러들던 물줄기 같은 것

8. 오른팔의 석고붕대 1.2킬로그램에 해당되는 것

9. 아침마다 팔을 세워 흔들어 보는 것

10. 여름 한철엔 냉장고에 넣어 두고 싶은 것

11. 새벽녘의 나무처럼 시린 목을 기대는 것

12. 나를 미행해 온 것, 백미러에는 나타나지 않던 것

13. 한 번 증인 선서를 하고 나면 위증을 하지 않는 것

어떤 고통에 대한 기록

이것 봐, 말을 더듬는다고 될 일이 아니야
속일 걸 속여야지

네 곁을 떠나지 않는 여름
끝장낼 수 없는 여름

산허리의 칡덩굴을 뒤집어쓰고
이번 여름을 건너가면 좋겠지?

이것 봐, 현관문에 등을 대고 중얼대지 마
저것들이 미쳤어, 미친 짓이라고?

허긴 뭐, 제정신으로 흔들리는 꽃나무가 어딨겠어?
저도 모르게 꽃을 토해 내는 거지

이것 봐, 손목을 쳐들지 말라고
석고붕대에 그려 놓은 그림들
해바라기 꽃이 지고
새가 날아가고

뭉게구름이 벌판으로 흘러갈지 모르잖아

지금은 잠자코 돌멩이가 되는 거야
진통제의 실핏줄이 끊기는
오후 2시야

이것 봐, 달력을 자꾸 뒤적거리지 마
야무지게 손봐 줄 웬수들 이름 적기 좋은
한가위 보름달 아직 멀었어
하지만 괜찮아, 택배가 배달되고

너의 거주지가 확인되고
네 목소리가 증명되고

3부

북대(北臺)

닥나무의 인피섬유(靭皮纖維)를 걸치고 하늘을 날던 까마귀가 뭉텅뭉텅 쏟아지는 오언절구의 가파른 절벽 아래

붓끝을 세우는 갓머리들, 제 몸의 극지(極地)를 아스라이 밀어 올리는 전나무처럼 변(邊)과 방(仿)의 가지를 뻗으니

그 어느 한시절의 망루를 본떠 온 고(高)는 높고, 외로울 고(孤)는 눈밭에서 발목이 저리고, 뒤돌아볼 고(顧)는 더 이상 산 계곡으로 고개를 돌리지 않았다

얼음 물고기

이토록 투명한 아가미로 숨을 쉬다니!
이 밤에 태어나는 얼음 물고기

눈 덮인 여울목의
얼음 물고기, 눈 감지 않고
등 구부리지 않고
물이 흘러오는 쪽으로 아가미를 벌리네
숨을 얻는 순간의 영생을 꿈꾸네

물빛을 흔들고 뒤집고
마름질하는
물살의 갈퀴 자국은
밤새 심장이 불타서 죽은 새의 날개
푸르스름한 보석으로 변하는
빛의 뼈마디

날렵하고 맵짜게
얼음이 얼음을 물고 일어서는
꿈의 꿈자리, 책상 위의 책갈피가

은빛 투구벌레처럼 머릿속을 지나갈 때

이 밤에 태어나는 얼음 물고기
오랜 세월 꿈꾸었던 얼음 물고기

산막(山幕)

　머릿속에서 헛도는 말의 수레바퀴에 눌려 그는 숨을 거
뒀다 그의 직업은 소설가, 머리맡의 책과 노트를 아궁이에
넣고 나서

　천둥처럼 잠을 깬
　벌거숭이 육체가 되었다

　육체의 움막을 지켜 낸 몸부림이 잡목림 곳곳에서 발견
되었다 나무둥치 도끼 자국과 파헤쳐진 가시덤불, 모주꾼
의 막사발이 그것이었다

　그는 근원을 알 수 없는 물을 경배했고, 허기진 목마름
에 감사를 표했다 그에게도 씻을 수 없는 죄의 문신, 패대
기치지 못한 세상이 있었던가 가시덤불처럼 뒹굴던 모습이
어느 사냥꾼에게 목격됐고

　육체의 침묵을 완성시킨
　그의 이마가 눈밭에서 빛났다
　벼랑 끝의 나무들이 휘어지곤 하였다

불망(不忘)

빙하기의 침엽수, 푸른 독으로 절명시킨
밤의 아가미가 떠내려옵니다

빗물 젖은 무덤들 헛소리 끝없고
하루에도 수천 번씩 어두워지는 강

강물에 처넣은 술과 고기,
황음의 얼룩이 번들거립니다

자갈밭도 저렇게 번들대지만
땅벌레들 그윽하게 흙에 깃드니

강둑으로 골목으로
비척대던 발걸음 여기서 그만

앞마당의 철사 줄 같은 문장의 진동을
잠자코 입안에 삼켜 둡니다

일곱 번째 캐릭터

가까스로 터널을 빠져나오면서, 나는
여섯 번째 캐릭터를 갖게 되었다

외지 아닌 외지가 그 어디 있겠냐만
결국은 이렇게 들키고 마는 것
턱에 손을 대고 사진 찍는 버릇
무겁게 눌러쓰는 손 글씨
무심코 벽에다 중얼대는 말들

거울 앞에서
옷매무새를 다듬고 나면
나의 여섯 번째 캐릭터가 강의실로 입장한다

강의 노트에 밑줄 쳐 둔 낱말들
꽃은
꽃의 걸음걸이로
나무는 나무의 걸음걸이로
저 언덕을 넘어갔다

세월이여, 의류 수거함에 쑤셔 넣은
옷가지여, 나를 탓하지 마라

담벼락 너머
정지 화면처럼 떠 있는
허공의 창문들, 거기에 얼굴 하나 비춰지면
오, 나의 일곱 번째 캐릭터
티끌 없는 영원을 떠돌게 되리라

지상의 얼굴은 지상에 남겨 두고
가끔씩 그 이름 불러 주면서

송년(送年)

이제 내 슬픔은
목화밭을 가꾸겠네
목화밭 그 노래를 목청껏 부르겠네

헛것의 발걸음은 아닐 것인데
무허가 판잣집 같은 세월들

신발 뒤축을 벗어 보면
우편향의 발걸음이 명백해지고

기억도 망각도 내 몸을 살아온 것
한생을 걷느라
온 생을 다 썼네

이제 내 슬픔은
입가의 쓴웃음 흘리지 않고
허둥대던 발걸음 내려놓을 것이네

어떤 슬픔은 눈썹 문신을 달고

송년 모임에 슬그머니 끼어드는데
멋쩍게 마주친 순간들 그리 길지 않고

구석자리 귀퉁이
나의 슬픔은
이제 누구에게도 이름을 묻지 않겠네
저 혼자선 울 수 없고
웃을 수도 없겠지만

먼눈으론 알아볼 수 없었던

—— 외지(外地)·1

나는 나로부터 너무 멀리 왔다
허구와 허구가 뒤섞이고, 스토리와 스토리가 엉키듯
당도한 곳, 이곳이 외지다

지금 내 가슴을 열어 보면
번갯불의 거울 조각과
뽕나무 등걸의 검붉은 나이테,
표지가 뜯겨 나간 몇 권의 책이 있다

여기서 나는
차갑고 불길한 불꽃의 책*을 읽었다

너무 짧거나 긴 생애들

가당찮은 우연의 목록을 뒤적여 보면
엇갈린 사랑의 기나긴 이별
검은 상처의 블루스**가
질척거리는 길바닥을 떠나지 않는구나

먼눈으로는 알아볼 수 없었던
세월의 철길 아래
회오리치듯 뻗어 가는 담장의 꽃들
철따라 익어 가는 붉은 열매들

이제 내 가슴을 들여다보면
발을 헛디딘 흙구덩이와
타다 만 숯덩이,
새의 날갯죽지 같은 게 흩어져 있다

* 샤를 보들레르가 어머니에게 보낸 "『악의 꽃』이라는 책은 차갑고 불길한
  아름다움을 입고 있습니다."라는 편지글.
** 미국 흑인 영가 「Broken Promises」.

얼굴에 분칠하고 고개 드는 꽃들에게

— 외지(外地)·2

    지나치는 것들마다 실성한 입이었다 미안하다 들꽃들아, 용서해 다오 나의 고통이 너희를 껴안아 눈물 흘리게 하였다 간밤의 비바람을 어찌 견딘 것이냐 백치처럼 말갛게 고개 드는 꽃들아, 둑길도 저렇게 무너지고 말았는데, 얼굴에 분칠하고 하늘대는 꽃들아, 내가 잘못했다 용서치 말아 다오 내 얼굴을 뭉개 다오 나의 고통이 너희의 입술을 핥고 깨물고 짓이겨 놓았다

추락을 견디면서 몸을 불태우듯
—— 외지(外地)·3

몇 걸음쯤은 비켜갈 수 있었을 텐데, 유리창엔 흙먼지와
날벌레, 십자가 형상의 테이프가 말라붙어 있다 그는 공중
의 십자가를 향해 성호를 긋는다 쐐기풀이 입으로 들어오
듯, 아베베, 쐐기풀이 입천장을 긁듯, 아베베

골목의 승용차들, 운전대의 손가락이 하얗다 골목까지
이어진 아스팔트의 검은 띠, 녹물 낀 수도관을 교체한 흔
적이다 연립주택 주차장의 널브러진 개, 갑자기 목줄을 흔
들며 뛰어오르더니, 대가리를 허우적거리더니, 잠자코 주위
를 두리번거리고

별이 진다 추락을 견디면서 몸을 불태우듯, 창문이 환해
지고 나무들이 캄캄해지고, 그가 이마의 흉터를 더듬는다
쐐기풀을 문지르듯, 아베베, 쐐기풀에 뒹굴듯, 아베베, 그도
이젠 제 말을 알아들을 수 없다

외지(外地)

*

판자 구멍에 눈을 갖다 대고
누가 이쪽을 뚫어지게 본다

미결수의 감방을 독차지한 느낌이다

현관문을 닫으면
불 꺼진 상가를 떠돌던 얼굴이
비로소 온전하게 내 면상을 감싼다

*

내가 나를 마주하는
소용돌이 한복판

여기선 누구도
커피 한 잔의 추억을 쇳물처럼 끓이는
늙은 가수의 비애를 들여다봐선 안 된다

*

카톡 보내지 마라 용건들 알고 있다

옥자야, 돼지고기 구워 먹자는
장난전화 그만해라

*

막다른 곳을 찾다가
막다른 곳에 몰린 듯

밀양의 송강호처럼
벽을 향해 춤추고 노래 부르면
10년 세월의 웅덩이가 출렁거리고

*

나는 오늘도 방금 도착했다
문득 이렇게

*

수도관이 얼어 터진
혹한의 밤, 복도 끝에 앉아서
무릎 꿇은 사내, 그토록 뜨겁고 간절한
기도를 보게 될 줄이야 토치의 불길로
시멘트 벽을 녹이는

눈발 그친 아침엔
도로 공사 귀퉁이의 드럼통 하나
빈털터리 불구덩이 슬픔을 껴안고 있었다

*

간밤의 꿈은 기억나지 않는데
침상이 온통 흐트러져 있다

얼음 바다의 푸른 가시들이
등허리에 박힌 듯하다

벽시계 떼어 낸 자리가 휑하다

누가 내 곁에 살았던가?
생이여, 이제 네가 대답할 차례다

나는 여전히 도착되고 있다
나는 마침내 발견될 것이다

전세살이 칸칸마다

전세살이 칸칸마다 못을 잔뜩 박아 놓고
골목을 떠나왔다
대출 상환 고지서 우편함을
306호 세입자에게 고스란히 물려주었다

전봇대라고 불러 본 하루와
철길이라고 소리쳤던 하루와
모래시계라고 중얼거렸던 하루를
우두커니 담벼락에 세워 두었다

거기, 유아원 여자아이가
제 어미의 아랫배를 들이받곤 했다
뭔가 아직도 할 말이 있다는 듯

금연 구역에 포위된 골초 망령들이
폐지를 주워 연명한다는 골목을
가까스로 빠져나왔다

옥상의 물탱크와

흙구덩이 발자국과
여름 소낙비를 그냥 두고 왔다

노래방의 풍선 인형들
눈물 속에 피는 꽃*을 따라
한세상 한세월의 팔다리를 펄럭거렸다

* 이탈리아 가수 조니 도렐리의 노래.

재의 얼굴을 노래하다

나의 고통을 받들어 기도 한 줌 끌어내리고
끝내는 빈손으로 쓰다듬는 얼굴

재의 얼굴은 불투명하다

창밖의 어둠 속으로
재의 침묵을 묵상하는 이마가 흘러가고
재의 부활을 노래하는 팔다리가 펄럭이는데

벌판에서 들려오는 목소리들

여태껏 지탱해 온 들숨과 날숨, 이걸 요약하면
일생이다 눈 덮인 밭이랑처럼
간명한 외길이다 양지 바른 눈밭은
비스듬히 녹아 있고

이제는 누구도 기억하지 않는
죄를 받아안듯이
재의 얼굴 몇 줌 끌어당겨

오늘 밤의 내 곁에 잠재워 둔다

육체의 짐을 내려놓을 때까지

1

벌통을 살피며 흰개미처럼 일했던 베르나르 수도사, 양봉가와 양초 제작자 그리고 모래 채취장 일꾼의 수호성인으로 추앙받는 그의 초상화엔 사슬에 묶인 악마가 있다 때로는 그도 발끝의 악마처럼 괴로워하며 이렇게 말했다

    육체를 땅바닥에 내려놓을 때까지
    견뎌야 하는 등짐이 있다

2

땡볕을 등에 지고 모래 구덩이를 지키는 검은머리물떼새, 저의 알이 보잘것없다는 것인가, 제 몸집만 한 재갈매기의 알을 품는다 검은 턱시도를 입고 온 갯벌의 신사가 전해 준 사랑의 크기라고 믿는다 헛꿈을 꾸는 게 분명하지만

    사랑하는 자가 육체의 짐을 내려놓을 때까지
    필연적으로 견딜 수밖에 없는 일이다*

3
저 하늘에
개미탑의 공덕을 쌓듯이

베르나르 수도사는 밥을 굶으며 기도했고, 거기서 얻은
음식을 입에 대지 않았다 시장에 내다 팔았다 헐벗고 배곯
는 그의 설교가 십 리 밖에서도 들렸다

* 조지프 캠벨, 정영목 옮김, 『신의 가면 4: 창작신화』(까치, 2002)에 인용
된 베르나르(Bernard) 수도사의 말.

영명축일

나의 현생이
당신의 현생을 생각하는 밤입니다

저 촛불에게도
무모하기 짝이 없는 싸움이 있고
혼자선 감당 못 할 슬픔이 있나 봅니다

그 어떤 우연의 기막힌 필연처럼
여기에 머무는 불빛들
침묵의 그늘이 손등을 적시는데

침묵이 입을 열면
모래가 쏟아지고 재가 흩어질 듯

한 해 한 번씩 현관문을 두드리는
당신, 당신께서 맡겨 놓은
십자가의 길
헐값에 내다 버린 눈물과 참회
이젠 당신께 돌려드릴 수 없습니다

책상 위의 촛불 한 자루

무한의 어둠을 되짚어갑니다

직립했던 것들의

험악했던 나날을 기억해 봅니다

침묵 피정

침묵은 서로가 함께 숨 쉬는 것

몸 하나의 고독과
몸 하나의 상처를 견뎌 내는 것

지금 말하지 않으면 헛것이 되는
슬픔도 고통도 내버려 두는 것

먼 곳의 내가 비바람이 되어
눈보라가 되어
돌아오는

침묵은 끝끝내 말해질 수 없는 것

이번 생의 구원이라고 믿었던
헛된 문장들을 불태우고 나서
비로소 나를 숨 쉬는

이 얼굴의 웃음도 눈물도

내 것이 아니리니

오직 이렇게 무릎을 꿇은

텅 빈 마룻바닥에 숨소리만 남아서

돌같이 차고 헐벗은

세상 끝의 집을 지키는 방
독방은 거룩한 땅*
겨울나무도
그 곁에 선 사람도
헐벗은 몸을 기댈 데 없었어라

돌같이 차고 가진 것 없는 마음**이
저만큼의 하늘로 팔을 쳐들었어라
침묵하는 영원을 건드리진 않았어라

기도는
한쪽 손의 배반을 묶어 놓는
형식, 배반과 배반의 결속을 막아 놓는 칸막이

기도는
손바닥이 비워지고 나서야
채워지느니, 험하고 외진 길을
마음 밖으로 내쫓고
마음 안으로 모셔오는

세상 끝의 방 한 칸

검은 묵주 하나

너덜너덜한 책갈피들

끄트머리부터 읽어도 좋고

군데군데 발췌해서 읽어도 문맥이 통하는

* 카르투시오수도회 헌장.
** 가톨릭 성가 가사.

청동 입상

서두를 읽으면 결말이 보이는, 그런 통속극은
재미없지, 미완성이 아니라
생략된 리얼리티, 스토리의 맥락을 끊어 놓은
거칠고 험한 손길을 보네

소나무 언덕길에 세워진 청동 동상들
십자가를 지고 있거나
무릎 꿇고 기도하거나
수건으로 이마를 가리고 있는데

팔다리의 눈부신 곡선들이
옆모습 뒷모습으로 자취를 감추네
거기, 묵직한 자루 또는
혹 덩어리들

기형인 듯 불구인 듯
불구를 딛고 선 불구의 형상인 듯

그 얼굴의 고통은 정지되어 있네

"주여, 차라리 제 등을 깨뜨리소서"
"빛의 주먹을 내리치소서"
"이 얼굴의 수건을 불태우소서"

섣불리 내뱉어선 아니 될 말들
청동상 깊숙이 파묻어 버린
손자국을 보네

더 이상의 기도와 참회를
허용하지 않겠다는

두 손을 사막에 파묻고

나를 위하여 기도하지 말라

너희가 그토록 원했던 자리이니
내 이렇게 팔 벌리고
땅끝을 가리키는 수평과
하늘 끝으로 이어지는 수직의 무게를
견딘다 나의 형벌을 받드는 것이다

너희는
두 손을 사막에 파묻고 기도하라
손가락을 자르고 기도하라*
손아귀에 움켜쥔 것들
그것들을 위하여
무릎 꿇어라

이젠 어디에도 숨을 데가 없나니
두 손이 저지른 일을 용서하지 말라

이제는 되물을 수 없는 질문들

밤하늘의 별자리가 침묵하는 이유
무한의 깊이를 빛내 주는 이유

머리를 쳐들고 기도하지 말라
기도만큼 고적한 눈동자가 없고
기도만큼 캄캄한 터널이 없으니
차라리 모래밭에 입술을 문질러라

기도 안쪽으로 무너지지 말라

* 파울 첼란.

재의 얼굴로 지나가다

섣불리 손댈 수 없는 얼굴

이마에 재를 바르고
이마에 재를 바른 손가락을 헤아려 본다
거기에 매달렸던 기도와 눈물을

나는 재의 얼굴로 거리를 지나간다
재의 얼굴은
사막 여행자 같다

양의 귀에 내 죄를 속삭이고
칼자루에 힘을 줬던
벌판, 수천 겹의 밤길을 헤쳐 온
낡고 거친 이마를 씻고 문지르지만

재의 얼굴은 무심하다
재의 얼굴은 밝아지지 않는다

나는 재의 얼굴로

나를 지나간다

눈구멍을 움막처럼 열어 둔 채
벙거지 하나 걸치고
매일매일 딴 세상으로 떨어지는 태양을 애도하면서

아우라의 흔적들, 구술 역사가의 알레고리

이찬(문학평론가)

감응, 천지만물과 '변신 이야기'

오정국 시집 『재의 얼굴로 지나가다』는 제목에 암시된 것처럼, "얼굴"로 집약되는 표면 효과의 현란한 엇갈림을 섬세하게 소묘하는 자리에서 제 미감의 발원지를 마련한다. 그러나 이는 바로 '지금-여기'서 일어나는 현재진행형의 감각에만 몰두한다는 사실을 가리키지 않는다. 마찬가지로 시인은 거죽으로 드러난 시어의 꾸밈과 쓰임에만 관심을 쏟는 형식주의 미학으로도 휘말려 들어가지 않는다. 이에 따라 우리의 촉수가 가장 예민하게 가닿아야 할 자리는 "얼굴"과 "재"가 겯고 트는 '긴장의 리듬', 아니 그것이 틔워 올리는 어슴푸레한 미감의 빛깔과 그 내밀한 흔적이 새겨

지는 사이 공간, 즉 행간에 있는지도 모른다. 아니, 아우라
(Aura)의 흔적으로 일컬어질 수 있을 독특한 미감의 무늬
들을 아득한 시간의 자취 속에서 휘감아 오는 자리, 저 침
묵의 행간 속에 소리 없이 주름진 감응의 생동감이 오롯이
스며 나오는 자리일 것이 틀림없다.

시인이 오랜 세월의 풍화를 겪으면서 체득한 것으로 짐
작되는, 소리 없는 행간의 흩날림은 이번 시집에서 엄청
난 시공(時空)의 격차를 가로지르면서 그 구체성의 제약으
로부터 훌쩍 날아올라, 천지만물(天地萬物)이 서로를 마주
보며 함께 울려 퍼지는 감응의 미학 또는 만물조응의 시
학을 각각의 모서리마다 흩뿌려 놓는다. 가령 "깊고 어두
운 창고 같고/ 박물관 지하의 수장고 같은데, 새벽은/ 오후
2시의 제막식을 향하여 길을 떠났다"(「청동 흉상」), "내가 저
를 붙잡아 흔들며/ 이번 생의 패착을 물어볼 일 없을 텐
데/ 다그칠 일도 없겠는데, 해바라기가"(「나에게도 해바라기
가」), "나는 도로를 횡단하지 않고/ 질주하는 인간인 것인
데// 흙이었고 돌이었고 나무였던 기억을 빠져나온/ 인간
이라는 물질로 여기 앉아서"(「로드킬, 로드 맵」), "제 눈을 찌
른 오이디푸스가/ 철 가면을 흔들며 울부짖는 곳/ 그 어디
쯤 모래 무덤에/ 내 전생(前生)의 발자국을 맡겨 둔 것 같
다"(「붉은 사막 로케이션」) 같은 이미지들을 느릿느릿한 숨결
로 오랫동안 느껴 보라.

"박물관 지하의 수장고", "이번 생의 패착", "흙이었고 돌

이었고 나무였던 기억을 빠져나온", "내 전생의 발자국" 같은 형상들은, 이미 지나가 버린 과거와 아직 도래하지 않은 미래를 바로 이 순간 속에서 살아 꿈틀거리며 서로 마주치게 만드는 물활론(hylozoism)의 방법론에서 비롯한다. 아니, 그것을 뛰어넘어 이 시들이 "전생"으로 표현되는 신화적 차원의 '변신 이야기'(Metamorphosis)와 다양한 종교적 모티프를 제 미감의 바탕에 두고 있음을 암시한다. 이 시들은 접신술로 대변되는 무속적 차원의 빙의 현상을 멀찌감치 뛰어넘어, 종교적 차원과 미학적 차원이 겹주름을 이루면서 하나의 매듭으로 수렴되는 아날로지의 새로운 차원을 구성할뿐더러 전혀 다른 예술성의 집을 축조한다. 이는 저 오래된 고대 신화와 중세 종교의 분위기로부터 "팬데믹"으로 표상되는 지금-여기 현대 문명이 마주한 사건들에 이르기까지, "개별성이 총체성을 꿈꾸고, 차별성이 통일성을 지향하는 은유"*로 요약될 수 있을 아날로지를 폭넓게 활용하는 가운데서도, 현대 예술의 차이와 부조화의 방법론을 표상하는 '자유 간접 화법'(free indirect discourse)의 형상을 다채롭고 빈번하게 활용한 특이한 짜임새에서 비롯하는 것이리라.

* 옥타비오 파스, 김은중 옮김, 『흙의 자식들』(솔, 1999), 95쪽.

긴장의 리듬, 아날로지와 자유 간접 화법의 융합

보들레르가 「만물조응(Correspondances)」에서 "자연은 하나의 신전, 거기 살아 있는 기둥들은/ 간혹 혼돈스런 말을 흘려보내니, 인간은 정다운 눈길로 그를 지켜보는/ 상징의 숲을 건너 거길 지나간다// 밤처럼 날빛처럼 광막한,/ 어둡고 그윽한 통합 속에/ 멀리서 뒤섞이는 긴 메아리처럼,/ 향과 색과 음이 서로 화답한다"*라고 노래했던 것처럼, 이 시집은 근대과학 발생 이전의 세계를 관류했던 아날로지의 감각과 미학을 충실하게 따르고 있는 것으로 보인다. 특히 "향과 색과 음이 서로 화답한다"라는 구절이 탁월한 감각의 향연으로 휘몰아 오듯, 시인은 서로 다른 차원에 놓여 있는 감각과 사물 들을 하나의 테두리 안에서 공명하게 만드는 아날로지의 방법론을 통해 제 미학의 특이점(singularity)을 생성하고 있는 것이 분명하다.

그러나 시인의 독특한 미학적 건축은 은은한 빛을 뿜어내면서 시편들의 행간 마디마디로 다시 숨어들어 제 자취를 감추는 듯 보인다. 따라서 하이데거의 이른바 '세계의 건립(Das Aufstellen einer Welt)'과 '대지의 내세움(Das Herstellen der Erde)'**, 저 양극의 투쟁(Streit)이 생성하는

---

* 샤를 피에르 보들레르, 『악의 꽃』, 황현산 옮김(민음사, 2016), 19쪽.
** 마르틴 하이데거, 신상희 옮김, 「예술작품의 근원」, 『숲길』(나남, 2008), 54~64쪽.

'긴장의 리듬'이 시의 마디마디의 모서리에서 은은하게 스며 나온다고 말해도 좋을 듯하다.

피카소는
단 하나의 명료한 얼굴이 없었기에
끊임없이 가면을 바꿔 써야 했지*
그렇게 그의 걸작이 탄생됐고

고흐는
불에 단련된 철사 같은 선**을
발명했던 것이야 결국
눈을 다치고 말았지만
아를의 태양빛과 공기를 숨 쉬게 해 주잖아

선명한 굴곡의 입체감보다 붓 자국이 중요해
거칠기 짝이 없는 붓질의 쉼표들
한 호흡 한 매듭의 태양과
꽃과
여인의 앞가슴
화폭 바깥에서 흘러들어 온
빛의 얼룩이야 그런 것이야

순식간에 붙잡아 둔

사물과 인물, 휑하게 비워진 길바닥

상징을 데려오고 비유를 옮겨 와

화폭은 완성됐으니

여백을 오가는 생각을 읽어야 해

아 잠깐, 방금 도착한 문자메시지를

소개하면

"내 얼굴색을 칠하는 어려움을 극복하면

다른 사람도 쉽게 그릴 수 있겠지"***

　　　　　　　　　　　　　　　──「미술관 수업」

　「미술관 수업」은 부기를 통해, 1연 3행 "끊임없이 가면을 바꿔 써야 했지"는 "모리스 쉐릴라즈"의 논평을, 2연 2행 "불에 단련된 철사 같은 선"은 "앙드레 말로"의 논평을, 6연 1~2행 전체는 "빈센트 반 고흐가 동생 테오에게 보낸 편지"에서 가져온 것임을 명시한다. 따라서 이 시는 '담론 안에서 자유로운 것으로 나타나는 배치로써, 하나의 목소리 안에 있는 모든 목소리를, 카를루스의 독백에서 젊은 여자들의 광채를, 언어 안에서 언어를, 말 안에서 명령어를 설명해 주는 것이 바로 이것이다.'*라는 들뢰즈·가타리의 문장으로 요약될 수 있을 자유 간접 화법을 부분적으로 활용하고 있는 셈이다. 이렇듯 아날로지와 자유 간접 화법이라는 이질적인 방법론을 융합하는 가운데서도, 시인은 결코 시라는 예술 양식이 제 시원(始元)의 순간으로부터 견인해 온 여백의 아름다움과 침묵의 울림을 저버리지 않는다. 나아가 여백과 침묵이 휘감겨 들어오면서 불러오는 미학적 반향을 온몸으로 감수하고 있는 듯 보인다.

가령 "순식간에 붙잡아 둔/ 사물과 인물, 휑하게 비워진 길바닥/ 상징을 데려오고 비유를 옮겨 와/ 화폭은 완성됐으니/ 여백을 오가는 생각을 읽어야 해" 같은 4연의 이미지들은 자유 간접 화법으로 이루어진 타인들의 언어와 사유를 시인의 고유한 예술적 방법론인 "여백"으로 수렴하는 모양새를 드러낸다. 따라서 시인은 자유 간접 화법을 활용하더라도, "모리스 쉐릴라즈"나 "앙드레 말로"로 표상되는 무수한 타자의 언어를 시인이 마름질한 '일관성의 구도' 아래 복속시킨다는 점에서, 흔히 '미래파'로 일컬어져 온 2000년대 젊은 시인들이 시도했던 형식 실험이나, 우리 시대 예술적 짜임(artistic configuration)의 혁신적 측면을 표상하는 '혼종성의 미학'이나 '다성성의 발화'를 겨냥하진 않는 듯하다. 이들이 시 내부에 구축되기 위해선 타자의 언어와 가치가 시인과 갈등과 투쟁을 일으키는 담론의 대결 구도가 반드시 나타나야만 하기 때문이다.

* G. Deleuze · F. Gattari, *A Thousand plateaus*(Minnesota university press, 1987), 80쪽.

어쩌면 시인은 2000년대 이후 한국 시의 주류로 자리하게 된, 다양한 형식 실험과 미학적 혁신을 제 시 쓰기의 일부로 수용하면서도, 이를 자신이 오랫동안 수련해 온 행간의 울림과 여백의 미학으로 수렴하면서 또 다른 예술적 구도를 창안하려는 기획을 품고 있었던 것인지도 모른다. 오정국의 시에서 자주 활용되는 자유 간접 화법은 초현실주의 화가들이 처음 발명한 콜라주 기법, 즉 이질적인 모티프나 오브제를 불현듯 출현시키거나 폭력적인 방식으로 병치시키는 혼종성(hybridity)의 방법론으로 귀결되지 않는다. 오히려 자유 간접 화법이란 시인이 오랫동안 견지해 왔던 서정의 함축미와 실존적 감각의 역사로 녹아들면서, 도리어 여백의 미학과 아우라의 흔적을 북돋는 일종의 촉매로 기능한다. 따라서 『제의 얼굴로 지나가다』는 '서정'으로 일컬어져 온 아날로지의 신화적 세계관과 더불어, 우리 시대 젊은 시인들의 방법론의 중핵으로 자리한 자유 간접 화법이 팽팽하게 맞서면서 불러오는 '긴장의 리듬'으로 제 독특한 미감을 유감없이 발산한다고 하겠다.

　　　　내가 만진 죽음 헤아릴 수 없고
　　　　나는 전생과 후생을 넘나드는
　　　　이야기꾼

　　　　늙지도 않고 죽지도 않는 죽음의 불사신이

저의 괴로움을 나에게 덧씌워

기담과 괴담, 로맨스가 끝이 없네요

죽은 자의 말소리와 그림자에 둘러싸여

밤의 피륙을 얽어 짜는데

어떤 유령은

요양 병원 자원봉사자로 활동한다는 소식

침상의 팔다리를 주물러 주고

그 숨을 받아먹고

휠체어를 밀어 주며

단팥죽 몇 숟가락 얻어먹는다지요

결국 테두리만 남게 되는 이야기지만

끝과 시작이 맞물리는 수레바퀴가 멈추질 않네요

　　　　　　　　　　──「영구결번의 밤은 없다」에서

　"나는 전생과 후생을 넘나드는/ 이야기꾼"은 시인의 가슴 뒷면에 숨겨진 열망의 회로가 어디로 치달아 갈 수밖에 없는지를 암묵적으로 표상하는 하나의 단자(monad)이다. 또한 '서정'으로 명명되어 온 문학 장르의 범주, 흔히 '시'라고 일컬어져 온 문학 양식의 전통적인 미학과 수사학에서 크게 벗어나지 않으면서도, 무수한 역사적 모티프와 에피

소드를 수집하고 구연(口演)하는 구술 역사가의 시선을 새로운 문맥으로 도입하려는 감춰진 의도를 반증한다. 더 나아가, "늙지도 않고 죽지도 않는 죽음의 불사신이/ 저의 괴로움을 나에게 덧씌워"가 명징하게 일러 주듯, 구술 역사가란 어쩌면 이승과 저승을 넘나들면서 해원(解冤)을 매개로 저 두 세계의 화평을 기도하고 촉진하고 염원하는 샤먼과 같은 존재인지도 모른다. 따라서 곧바로 이어지는 "기담과 괴담, 로맨스가 끝이 없네요"가 선명하게 표상하듯, 양자는 사람들에게 익히 알려진 기록과 풍문의 뒷면에 숨겨진 또 다른 진실을 보는 자일 것이며, 이를 통해 세상의 무수한 모순과 왜곡, 원한과 저주를 풀어내고 바로잡아 화해의 세계로 인도하는 천명(天命)을 타고난 자일 수밖에 없으리라.

그러나 시인이 샤먼과 닮은 자리를 종종 넘본다고 해서, 오정국 시의 주도동기(leitmotif)와 미학적 지력선이 무속의 세계나 빙의 현상을 중핵으로 삼는 것은 아니다. 오히려 「육체의 짐을 내려놓을 때까지」에 등장하는 "베르나르(Bernard) 수도사의 말." 같은 부기, "영세·견진성사 때에 받은 세례명을 기념하는 날이자 그 이름을 가진 성인이나 복자(福者)들의 축일"이라는 뜻으로 풀이될 수 있을 "영명축일"이라는 시의 표제어, 그리고 「돌같이 차고 헐벗은」에 나타난 "카르투시오수도회 헌장." 같은 가톨릭의 형상들이나, 「귀향」에 나타난 "저녁 예불 종소리 쟁쟁하던" "고즈넉한 법당의 낡은 경전들" 같은 불교의 이미지들을 거듭 되돌아볼 필요가 있다. 시인은 샤머니즘을 비롯하여 특정 교리나 설법에 충실한 종교적 사유의 맥락을 구성하지 않기 때문이다. 그의 시는 오히려 어떤 보편적 차원의 영성 세계가 구체적 인간 실존에 드리우는 생생한 에피파니(epiphany)의 현장을 채록하고 구술하려는 자리에서 태어나는 것이기에.

따라서 이 시집에서 빈번하게 등장하는 무속적 형상이나 가톨릭의 엠블럼(emblem)은 인간의 역사와 그 현장 곳곳에서 나타나는 다양한 에피소드들의 그물, 이들의 유비적 감응 관계를 고고학적 방법으로 탐사하기 위한 일종의 오브제이다. 또한 이 탐사 과정을 통해, 이미 역사의 뒤안길로 사라져 간 자들의 실존을 지금-여기서 현생의 시간을 살아가고 있는 우리 현대인들의 감각에다 덧붙이면서, 그 무의식적 몸의 기억 속에서 다시 생생하게 되살리고 있는 셈이다. 이를 '아우라의 흔적' 또는 '흔적의 미학'이라고 명명해도 좋을 것이며, '물활론적 이미지의 현현'이라고 불러도 큰 무리는 없을 것이다. 다만 좀 더 섬세한 눈길로 주시해야 할 대목은 숨겨진 무늿결이다. 시인은 흔히 '서정'으로 명명되어 온 시적 범주의 통념적 테두리로 수렴되지 않는, 어떤 미학적 혁신을 김수영이 형상화한 '무언의 말'*처럼 소리 없이 틔워 올리고 있기 때문이다. 그리고 그것은

* 김수영, 「말」, 『김수영 전집 1』(민음사, 2018).

시인의 예술적 성취가 격조 높은 한 정점에 이르렀음을 암시하는 것이기도 하다.

원초적 글쓰기, 아우라의 흔적과 흔적의 미학

2
벌판으로 발걸음 오고 발걸음 가고

꽃피는 일, 바람 부는 일, 돌 구르는 일, 물 흐르는 일, 몸서리치게 밀려오다가 멈춰 버리고

이윽고 날 저물고, 누군가 입을 우물거리고, 누군가 밥그릇 헹구고, 누군가 옷을 갈아입고, 벌판 끝의 철길은 터널로 사라지고, 터널은 땅속으로 이어지고

누군가 흩날리고 누군가 울먹이고

3
땅거미가 데려가는, 땅거미의 독서
문맥을 놓친 듯이 남겨 두는
발자국 몇 개

물결과 나뭇잎이 수런거리는 말들
　　이제 곧 밤의 밀거래가 시작될 것이다

　　어떻게든 되살아나는
　　흙과 모래와 강바닥의 이야기
　　　　　　　　　—「어스름의 독서가 나는 좋다」에서

　"어스름의 독서가 나는 좋다"라는 제목은 시인 오정국의 예술적 태도와 방법을 집약한다. 시인은 어쩌면 "꽃피는 일, 바람 부는 일, 돌 구르는 일, 물 흐르는 일" 같은 무수한 현상들을 마치 텍스트처럼 읽으려는 자인지도 모른다. 따라서 시인이 말하는 "독서"란 비단 책을 읽는 일에 그치지 않는다. "땅거미가 데려가는, 땅거미의 독서"라는 이미지가 선명하게 말해 주듯, "발자국 몇 개"에서 "문맥을 놓친 듯이 남겨 두는"이라는 뉘앙스를 읽어 내고, "물결과 나뭇잎이 수런거리는 말들"을 들으면서 "밤의 밀거래"를 떠올리고, 이 모든 자연 현상들을 "어떻게든 되살아나는" "강바닥의 이야기"라고 말하는 자에게, 그를 둘러싼 우주 삼라만상은 단 하나도 빠짐없이 제 "말"과 "이야기"를 지닌 것일 수밖에 없기에.
　이렇듯 세계의 모든 현상을 우리가 읽어야 할 텍스트처럼 간주하면서, 그것 자체의 "말", 또는 그 모든 인간의 언어로 환원되지 않는 자연 언어가 존재하고 있는 듯 형상화하는 시인의 사유와 필법은 데리다의 '원초적 글쓰기'(archi-écriture)에 비견될 수 있는 깊이와 통찰력을 쓸어안고 있는 듯 보인다. 인간의 분절화된 문법 체계로 이루어진 음성언어와 더불어 문자언어의 바탕을 이루는 어떤 표기의 궤적이자 힘의 흔적으로 '원초적 글쓰기'를 풀이할 수 있다면, 시인 오정국의 시적 사유와 이미지 소묘법은 이에 가까운 맥락과 내용을 포괄하고 있는 것이 분명해 보인다. 가령 이 시집의 곳곳에서 다채로운 빛깔로 솟아나는 "자막" "더빙" "문장들" "이야기" "손 글씨" "붓 자국" "문자메시지" "본문" "각주" "기담" "괴담" "로맨스" "말소리" "스팸 문자" "글자" "문맥" "전기 작가" "경전들" "일기" "낙서" "소설가" "노트" "낱말들" "카톡" "책갈피들" "발췌" "통속극" "스토리의 맥락" 등과 같은 언어–문자 이미지 또는 글–글쓰기 이미지를 보라.

　이와 같은 이미지들 역시 인류의 문명화 과정에 대응하는 어떤 분절적 음성언어의 체계를 우회적으로 표현하는 메타포로 기능하진 않는 것 같다. 오히려 '모든 나타남의 최초 조건'이자 '시공간적 분기의 운동'으로 서술될 수 있을 데리다의 '원초적 글쓰기'를 암시하는 다양한 무늬들처럼 보인다. 아니, '원초적 글쓰기'를 부연하는 다른 용어들인 '차연'(différance)이자 '원초적 흔적'(archi-trace)일 것이 분명하다. 이들은 '모든 종류의 언어' 안에 이미 들어와 있는 어떤 '문자적 표기', 곧 '모든 언어의 가능 조건으로 그 언

어 안에 작동하는 표기의 궤적'*으로 부연할 수 있을 '원초
적 글쓰기'를 나타내는 서로 다른 어사들이기 때문이다.

　따라서 「어스름의 독서가 나는 좋다」의 마지막 연에 나
타난 "땅거미가 데려가는, 땅거미의 독서"란 인간의 언어-
문자를 넘어 자연 자체가 이루어 내는 무수한 '표기의 궤
적', 또는 우주 삼라만상이 현란하게 엇갈리며 그어 놓은
힘의 자취들로 시인의 사유와 감응력이 집중될 수밖에 없
음을 암시한다. "문맥을 놓친 듯이 남겨 두는/ 발자국 몇
개", "물결과 나뭇잎이 수런거리는 말들", "흙과 모래와 강바
닥의 이야기" 같은 이미지들 역시 이와 같은 미학적 지력선
을 이룬다. 이 시들은 인간중심주의의 시선으로 인간의 마
음을 대리-표상하기 위하여 다양한 자연-사물 이미지들
을 수사학적 도구처럼 활용하는, 이른바 '서정'(Lyric)의 작
시 원리로 환원되지 않는 독특한 미감과 뉘앙스를 흩날리
고 있기 때문이리라.

　　겨울 해 짧다 침묵의 투숙객이 펼쳐 놓는

　　방명록, 묵직한 손 글씨가

　　일생의 행적을 말해 주는데

　　결국은 모래시계처럼 비워지는

---

* 김상환, 「데리다의 글쓰기와 들뢰즈의 사건」, 《기호학 연구》제29집(한국
　기호학회, 2011), 18쪽.

비워지고 마는 여기는 온통

—「침묵의 도서관」에서

찬 서리 내리고
여름 한철 잎사귀를 털어 내는
나무들, 상징의 간격이 뚜렷해졌다 붉은 열매는
더 붉게, 검은 씨앗을 더 검게

—「길바닥에 떨어진 밧줄이거나」에서

물빛을 흔들고 뒤집고
마름질하는
물살의 갈퀴 자국은
밤새 심장이 불타서 죽은 새의 날개
푸르스름한 보석으로 변하는
빛의 뼈마디

—「얼음 물고기」에서

섣불리 내뱉어선 아니 될 말들
청동상 깊숙이 파묻어 버린
손자국을 보네

더 이상의 기도와 참회를
허용하지 않겠다는

—「청동 입상」에서

전세살이 칸칸마다 못을 잔뜩 박아 놓고
골목을 떠나왔다
대출 상환 고지서 우편함을
306호 세입자에게 고스란히 물려주었다

전봇대라고 불러 본 하루와
철길이라고 소리쳤던 하루와
모래시계라고 중얼거렸던 하루를
우두커니 담벼락에 세워 두었다
—「전세살이 칸칸마다」에서

「침묵의 도서관」 안쪽 깊은 곳, 저 보이지 않는 실존의
내력을 투시하는 자리에서 빚어진 "침묵의 투숙객이 펼쳐
놓는/ 방명록"이나, 「전세살이 칸칸마다」에서 아스라한 삶
의 정취로 휘감겨 오는 "전세살이 칸칸마다 못을 잔뜩 박
아 놓고/ 골목을 떠나왔다/ 대출 상환 고지서 우편함을/
306호 세입자에게 고스란히 물려주었다" 같은 구절을 보
라. 이들은 시인 오정국의 예술적 정수와 독창성이 어디서
기원하는지를 넌지시 일러 준다. 그는 제 삶을 에두르고 있
는 무수한 사물에서 가시적인 실체나 현존하는 사용 가치
를 보거나 찾으려 하지 않는다. 도리어 저 사물들에 어떤

흔적처럼 남겨진 뭇 인간 군상의 구체적 실존의 감각, 나아가 저 실존적 시간의 깊이를 고스란히 되살려 생생하게 불타오르는 현재성으로 재구성하려 한다. 따라서 오정국 시가 이른바 회감(Erinnerung)이란 말로 표상되는, 서정 장르의 예술적 특질로 이루어져 있다는 진술은 지극히 타당한 것이겠지만, 그야말로 섬세하고 예리하게 그것의 정수를 꿰뚫은 것이라고 보기는 어려울 것이다.

그렇다. 오정국 시의 비밀이 저토록 상투적인 서정 장르론의 테두리에 깃들어 있을 리는 없다. 오히려 그것은 "나무들, 상징의 간격이 뚜렷해졌다"(「길바닥에 떨어진 밧줄이거나」), "푸르스름한 보석으로 변하는/ 빛의 뼈마디"(「얼음 물고기」), "청동상 깊숙이 파묻어 버린/ 손자국을 보네"(「청동 입상」) 같은 형상들에 주름져 있다. 또한 그저 그런 회감의 정조나 서정의 일반론으로 수렴되지 않는, 독특한 이미지 구성법에서 그 실마리를 찾아낼 수 있을 듯 보인다. "나무들, 상징의 간격이 뚜렷해졌다"는 시인이 제 내면에 품고 있는 어떤 사유와 감정과 가치를 밖으로 풀어 놓는 자리에서 빚어진 이미지가 아니다. "푸르스름한 보석으로 변하는/ 빛의 뼈마디"나 "청동상 깊숙이 파묻어 버린/ 손자국을 보네"라는 이미지 역시 이와 같다. 이들은 "한 개인의 주관이 세계와 만나는 접점"에서 탄생하는 것이자 "심장 안쪽의 영혼의 흐름이 노래로 피어나면서 고유한 삶의 내용물이 승화되고 정의되는 것"*으로 풀이될 수 있을 '서정시' 또는 하나의 문학 장르로서의 '서정'이 아니라, 그것으로 환원되지 않는 어떤 독특한 미감의 여울목, 곧 '아우라의 흔적'과 '흔적의 미학'을 동시에 불러오기 때문이리라.

어쩌면 오정국 시가 새롭게 창안하고 있는 미학적 독특성은 흔히 '아우라'로 호명되어 온 영적인 기운과 신비로운 분위기가 마디마디 이미지들 사이에서 뿜어져 나오는 그 한복판에 '시공간적 분기의 운동'으로서의 원초적 글쓰기를 잇대어 놓으려는 과감한 실험에서 비롯한 것인지도 모른다. 이 실험에 크로스오버의 섬세한 공력이 오랜 시간의 깊이로 여울져 있을 것은 두말할 나위 없다. 그리하여, '아우라의 흔적'으로 명명될 수 있을 서정적 영혼의 미감과 '흔적의 미학'으로 표상될 수 있을 현대 예술의 방법론적 첨단이 서로를 마주 보고 함께 울리면서 새로운 미학적 성좌(Konstellation)가 펼쳐지는 자리, 이것이 바로 오정국 시의 정수가 움터 오르는 미학적 혁신의 터전일 것이 분명하다.

이 시집의 몇몇 모퉁이에 들어박힌 "피에르 파올로 파졸리니 감독의 영화 「오이디푸스 왕」." "테드 휴즈, 이철 옮김, 「풍적곡」, 『물방울에게 길을 묻다』(청하, 1986)." "가브리엘 마르케스의 장편소설 『백 년의 고독』." "프란츠 카프카의 미완성 작품집." "이탈리아 가수 조니 도렐리의 노래." 같

* 김재혁, 『서정시의 미학』(세창출판사, 2017), 14쪽.

은 부기들을 다시 살뜰하게 되짚어 보라. 이들이 명시하듯, 이 시집에서 빈번하게 활용된 자유 간접 화법은 결국 오정국 시 전체가 새롭게 길어 올리는 서정적 무늬들의 미학적 터전을 이룬다. 그것은 현대 예술의 혁명적 스타일을 표상하는 콜라주에 가까운 담론의 자릿값을 지닌 것임에도 불구하고, 그 모든 예술적 상상력의 기원에 놓인 아날로지와 융합되면서 그의 시 전체의 풍모를 '서정'으로 일컬어지는 고전 미학의 위상으로 다시 이끌어 가고 있기에.

어쩌면 이와 같은 고전적 풍모란 『재의 얼굴로 지나가다』가 '미래파'라는 이름이 불러일으킨 2000년대 한국 시의 혁신, 그 예술적 짜임 전체가 뒤바뀌는 틈바구니에서 일어난 무수한 스타일 해체-실험을 부분적으로 수용하면서도, 이를 제 시의 예술적 정수를 첨예하게 벼리는 미학적 단련 과정의 하나로 삼으려 했던 시인의 원대한 기획에서 기원하는 것인지도 모른다. 아니, "재의 얼굴은 무심하다/ 재의 얼굴은 밝아지지 않는다// 나는 재의 얼굴로/ 나를 지나간다// 눈구멍을 움막처럼 열어 둔 채/ 벙거지 하나 걸치고/ 매일매일 딴 세상으로 떨어지는 태양을 애도하면서"(「재의 얼굴로 지나가다」)라는 표제 시편의 무늬들이 몰락의 뉘앙스로 흩뿌려 놓는 것처럼, "얼굴"로 빗대어진 그 모든 시적 스타일의 유행들 또한, 그저 필멸(必滅)해 갈 수밖에 없을 사물의 무상성(Vergänglichkeit)의 한 자락에 지나지 않는 것인지도 모른다. 그 모든 "얼굴"이란 "재"

로 상징되는 묵시록적 세계관의 그림자를 거느릴 수밖에
없기에.

"팬데믹", 묵시록적 세계관과 알레고리 충동

고개를 들면
내 오랜 유목의 발자국이
금낭화 꽃씨처럼 흘러가는 밤하늘
방부 처리된 거울의 뒷면처럼
AI와 AI와 AI의 거리를 비춰 주는데
마스크를 벗으니
내 얼굴이다
형상기억합금의 머리통을 흔들면
쉿내 나는 침묵이 녹물을 흘리고

밤은, 팬데믹의 밤은
저 홀로 내 곁을 떠나지 않는다
나에게 배당된 들숨 날숨 하루치를
흙구덩이에 쟁여 넣는데
뭐 이런 진딧물 같은 눈물 몇 방울

이미 저만큼씩 격리된 가로수들

밑동부터 썩어 가는 말뚝처럼 서 있다

　　　　　　　　──「밤은, 팬데믹의 밤은」에서

시인 오정국이 "재의 얼굴"로 표상되는 사물들의 무상
성에 관심을 기울일 때, 인용 시편 「밤은, 팬데믹의 밤은」,
「너는 아직 우리들 가운데」, 「밤의 횡단보도」 같은 작품들
이 명시하듯 그의 관심사는 문명론적 성찰의 자리로 나아
갈 수밖에 없을 것이다. 가령 "방부 처리된 거울의 뒷면처
럼/ AI와 AI와 AI의 거리를 비춰 주는데/ 마스크를 벗으
니/ 내 얼굴이다"에서 나타난 문명사적 몰락에 대한 알레
고리 형상이나, "이미 저만큼씩 격리된 가로수들/ 밑동부터
썩어 가는 말뚝처럼 서 있다" 같은 자연의 황폐화를 표상
하는 이미지는, 결국 그의 시가 발터 벤야민이 제시했던 묵
시록적 세계관이나 '알레고리 원천 속에 있는 슬픔'에 깊숙
이 공명하는 자리에서 빚어진 것임을 시사한다.

"사물들의 무상함에 대한 통찰과 그 사물들을 영원 속
으로 구제하려는 배려가 알레고리적인 것 속에서 작용하
는 가장 강력한 모티프들 가운데 하나이다"*라는 문장이
넌지시 일러 주는 것처럼, 어쩌면 현재를 구성하는 문명과
자연에서 한결같은 폐허를 읽고 있는 시인과 예술가란 존

* 발터 벤야민, 최성만·김유동 옮김, 『독일 비애극의 원천』(한길사, 2009),
　335쪽.

재는 '무상성과 영원성이 가장 가까이 마주치는 곳에서 가장 영속적으로 자리 잡는' 알레고리 역사의식에 관심을 기울일 수밖에 없는 자인지도 모른다. 아니, "쇳내 나는 침묵이 녹물을 흘리고" 같은 구절에서 드러나는 부패한 금속성의 이미지나, "나에게 배당된 들숨 날숨 하루치를/ 흙구덩이에 쟁여 넣는데", "진딧물 같은 눈물 몇 방울" "밑동부터 썩어가는 말뚝" 같은 몰락과 폐허의 이미지에서 선명하게 나타나듯, 시인 오정국은 지금-여기 21세기 최첨단의 현대 문명이 이루어 놓은 금자탑을 송두리째 무너뜨리고 있는 "팬데믹" 현상을 통해 알레고리 충동과 묵시록적 세계의 실상을 한층 더 절감하게 된 것이 분명해 보인다.

이와 같은 알레고리 충동은 시집 곳곳에서 등장하는 파편화된 실존의 흔적들, 또는 분열증적 주체로서의 자의식과 긴밀하게 연동된 것인지도 모른다. 가령 "나를 건져 다오/ 사무치는 물빛 하나로/ 이쪽의 한세상을 건너가게 해 다오"(「오제를 다녀와서」), "담벼락 너머/ 정지 화면처럼 떠 있는/ 허공의 창문들, 거기에 얼굴 하나 비춰지면/ 오, 나의 일곱 번째 캐릭터/ 티끌 없는 영원을 떠돌게 되리라// 지상의 얼굴은 지상에 남겨 두고/ 가끔씩 그 이름 불러 주면서"(「일곱 번째 캐릭터」), "나는 나로부터 너무 멀리 왔다/ 허구와 허구가 뒤섞이고, 스토리와 스토리가 엉키듯/ 당도한 곳, 이곳이 외지다"(「먼눈으론 알아볼 수 없었던」) 같은 구절들을 보라. 이들은 빠짐없이 시인의 실존이 여러 갈래의

"캐릭터"로 조각나 있을뿐더러 그 분열된 "얼굴"을 반추하려는 성찰의 이미지를 구성한다.

이렇듯 "얼굴"로 표상되는 파편화된 실존에 대한 자기 성찰의 형상이 오정국의 시에서 빈번하게 나타날 수밖에 없는 까닭은 자신의 내면성에 골몰하는 시인의 내향적 성정과 취향에서 비롯하진 않는 것 같다. 오히려 자신의 삶과 더불어 현대인이라면 그 누구라도 체험하지 않을 수 없을 분열된 자화상으로서의 "얼굴", 그 무수한 페르소나가 한낱 "재"처럼 이지러지게 되는 우리 시대 생의 조건이자 만인의 실존 상황을 투시하는 자리에서 휘날려 온다. 그리고 이 자리에서 시인 오정국의 알레고리 충동이 움터 오르는 것이리라. 그것은 자본주의 사회체제의 부산물인 물신주의와 상품 미학에 의해 인간과 사물의 자연스러운 감응 상태가 추방되면서 일어나는 파편화된 인간 실존으로부터 탄생하는 것이기 때문이다. 아니, 알레고리는 이른바 상징으로 표상되는 '유기적 총체성'의 세계를 해체하는 것인 동시에 아름답게 포장된 허구적 가상의 자리로 상징을 끌어내리면서, 그 자신이 '아름다움 너머에 있다는 것을 고백'하는 것일 수밖에 없기에.

그리하여 알레고리란 자본-기계의 부속품이자 교환가치의 파편 조각에 불과한 현대인의 실존 상황을 적나라하게 드러내려는 정치적 기획과 미학적 의도를 품은 것인 동시에, 그 역사의 폐허와 파편화된 실존 속에서도 어슴푸레하게 번득이는 구원의 빛살을 암시하는 것일 수밖에 없을 것이다. 앞서 인용된 "AI와 AI와 AI의 거리를 비춰 주는데/ 마스크를 벗으니/ 내 얼굴이다/ 형상기억합금의 머리통을 흔들면/ 쇳내 나는 침묵이 녹물을 흘리고"라는 알레고리 이미지가 도드라진 필치로 소묘하듯, 시인 오정국 역시 현대 문명의 폐허와 무상함을 영원성의 관점에서 구원하려는 충동을 오랫동안 품어 온 것이 틀림없으리라. 아래 시편의 "침묵하는 영원"과 "검은 묵주 하나"라는 영원성과 구원의 이미지와 "너덜너덜한 책갈피들"이라는 사물의 무상성의 이미지가 가장 가까운 자리에서 마주치면서 그 휘황한 신성성의 광휘를 보이지 않는 침묵의 공간에 드리워 놓는 것처럼.

세상 끝의 집을 지키는 방
독방은 거룩한 땅
겨울나무도
그 곁에 선 사람도
헐벗은 몸을 기댈 데 없었어라

돌같이 차고 가진 것 없는 마음이
저만큼의 하늘로 팔을 쳐들었어라
침묵하는 영원을 건드리진 않았어라

기도는

한쪽 손의 배반을 묶어 놓는

형식, 배반과 배반의 결속을 막아 놓는 칸막이

기도는

손바닥이 비워지고 나서야

채워지느니, 험하고 외진 길을

마음 밖으로 내쫓고

마음 안으로 모셔오는

세상 끝의 방 한 칸

검은 묵주 하나

너덜너덜한 책갈피들

끄트머리부터 읽어도 좋고

군데군데 발췌해서 읽어도 문맥이 통하는

　　　　　　　　　　　　——「돌같이 차고 헐벗은」

지은이 오정국

1956년 경북 영양에서 태어났다. 1988년《현대문학》추천으로
등단했다. 시집『저녁이면 블랙홀 속으로』『모래무덤』『내가 밀어낸
물결』『멀리서 오는 것들』『파묻힌 얼굴』『눈먼 자의 동쪽』, 시론집
『현대시 창작시론 : 보들레르에서 네루다까지』『야생의 시학』이 있다.
지훈문학상, 이형기문학상, 경북예술상 특별상을 수상했다.
한서대 미디어문예창작학과 교수로 재직 중이다.

재의 얼굴로 지나가다

1판 1쇄 찍음 2021년 6월 30일
1판 1쇄 펴냄 2021년 7월 14일

지은이 오정국
발행인 박근섭, 박상준
펴낸곳 (주)민음사

출판등록 1966. 5.19. (제16-490호)
서울특별시 강남구 도산대로1길 62(신사동)
강남출판문화센터 5층 (06027)
대표전화 02-515-2000 / 팩시밀리 02-515-2007
www.minumsa.com

ⓒ 오정국, 2021. Printed in Seoul, Korea

ISBN 978-89-374-0906-6 04810
        978-89-374-0802-1 (세트)